Margot
escargot

Barnabé
le scarabée

Mireille
l'abeille

César
le lézard

Luce
la puce

Léonard
le têtard

Merlin
le merle

Oscar
le cafard

Lorette
la pâquerette

Luna
la petite ourse

Camille
la chenille

Solange
la mésange

Cyprien
le chien

Adrien
le lapin

Loulou
le pou

Prosper
le hamster

Grace
la limace

Ursule
la libellule

Gabriel le
lutin de Noël

Benjamin
Père Noël
au jardin

Georges le
rouge-gorge

Lulu
la tortue

théo
le mulot

Gallimard Jeunesse/Giboulées
Sous la direction de Colline Faure-Poirée
et Hélène Quinquin
Direction artistique : Syndo Tidori

© Gallimard Jeunesse 1995
© Gallimard Jeunesse 2016 pour la nouvelle édition
ISBN : 978-2-07-507430-8
Premier dépôt légal : novembre 1995
Dépôt légal : octobre 2016
Numéro d'édition : 306191
Loi n° 49956 du 16 juillet 1949 sur
les publications destinées à la jeunesse
Imprimé en France par Pollina - L77119B

Les drôles de petites bêtes

Loulou le pou

Antoon Krings
Gallimard Jeunesse Giboulées

Un beau jour, Loulou le pou tomba de la chère tête blonde qui jouait dans le jardin. Il fit des sauts de puce désespérés pour retrouver cet abri doux et frisé mais, trop tard, l'enfant était déjà parti. Alors il ramassa ses petites affaires, le parapluie qui le protégeait des shampooings piquants et des bains moussants, puis il chercha une nouvelle maison moins remuante.

En chemin, il rencontra Léon le bourdon. Loulou en profita pour lui demander s'il ne connaissait pas un vieux chien qui puisse le loger. Léon lui répondit n'avoir jamais vu de chien, ni de chat, ni d'autres insectes de ce genre dans le jardin. Il l'envoya voir Mireille en lui désignant sa maison.

Mais en été les abeilles sont souvent absentes de chez elles et Mireille l'était ce jour-là. « Oh zut, dit Loulou devant la porte close. Je vais être obligé de me débrouiller tout seul. »

– Bonjour, Léon! Belle journée, dit Mireille.

– Ah bonjour, dit Léon en faisant un bond de surprise. Je pensais que tu étais chez toi.

– Pourquoi? demanda l'abeille intriguée.

– Parce que je crois que quelqu'un t'attend et ce quelqu'un est laid comme un pou.

– Voyons voir, dit Mireille en prenant
un air avisé et réfléchi. S'il est laid
comme un pou, c'est sûrement un pou.
– Et les poux aiment le miel! affirma
le bourdon.
– Ah non! Pas mon miel! s'écria
l'abeille en se précipitant chez elle.
Heureusement, il ne manquait aucun
de ses pots.

Mais, au milieu de la nuit, Mireille
fut réveillée par des bruits suspects.
Elle alluma sa bougie et traversa
la chambre pour s'assurer que le pou
n'essayait pas de pénétrer dans
le buffet où elle tenait son miel.
Personne ne s'y trouvait, aussi elle
revint sur ses pas, souffla sa bougie
et se remit au lit.

En fait, tous ces bruits venaient
de l'extérieur, où Loulou retapait
une petite maison abandonnée, proche
de celle de Mireille. Quand l'abeille se leva
le lendemain matin, la première chose
qu'elle vit fut un pou en train de poser
un écriteau : *Loulou Salon de Coiffure.*

Mireille était coquette. Elle se rendit le même jour chez notre coiffeur.

– Je pourrais te faire quelque chose de plus jeune, dit Loulou en tournant autour de l'abeille...

... Et voilà le travail, fit-il en agitant avec fierté un petit miroir.

– Ça change, répondit simplement l'abeille en découvrant sa nouvelle coiffure, qu'elle était impatiente de montrer à tous ses amis.

– Mimi, tu t'es coiffée avec un clou
aujourd'hui ? lui demanda Léon.
– Avec un pétard, tu veux dire,
murmura très fort Siméon le papillon.
– Merci, grommela l'abeille.

Enfin, pendant que la coiffure
de Mireille faisait la joie de ses amis,
Loulou eut la visite d'un nain de jardin.

Étant d'une nature plutôt curieuse,
le nain se pencha et essaya de passer
la tête par la porte en criant : « Y a-t-il
quelqu'un ? » À cet instant, notre pou
sauta et se cacha dans la barbe du lutin.

C'est pourquoi, quand Mireille,
furieuse, retourna voir Loulou,
elle ne le trouva plus chez lui.
Par contre, en chemin, elle croisa
le nain de jardin qui se grattait
nerveusement les poils de la barbe.
Bizarre, bizarre…

Marie
la fourmi

Louis
le papillon
de nuit

Frédéric
le moustique

Antonin
le poussin

Juliette
la rainette

Odilon
le grillon

Pasca
la cig

Valérie la
chauve-souris

Benjamin
le lutin

Patouch
la mouche

Adèle
la sauterelle

Siméon
le papillon

Henri
le canari

Léon
le bour

Noémie
princesse
fourmi

gaston
le caneton

Victor
le castor

Pierrot
le moineau

Édouard
le loir

Pat
le mille-pattes

Belle
la cocci

Bob le
bonhomme
de neige

Blaise
et thérèse
les punaises

Maud
la taupe